Vente du Mardi 14 Mars 1911

HOTEL DROUOT

N° 115 du Catalogue

ESTAMPES

ANCIENNES & MODERNES

Me PAUL PELLERIN   M. LOYS DELTEIL

CATALOGUE

DES

ESTAMPES

ANCIENNES

&

MODERNES

Dont la vente aura lieu

à Paris, HOTEL DROUOT, Salle N° 8

Le Mardi 14 Mars 1911

à 2 heures précises

Par le Ministère de M° PAUL PELLERIN,

COMMISSAIRE-PRISEUR

11, Rue Saint-Lazare

Assisté de M. LOYS DELTEIL, Artiste-Graveur Expert

2, Rue des Beaux-Arts

CONDITIONS DE LA VENTE

Elle sera faite au comptant.

Les adjudicataires paieront *dix pour cent* en sus des enchères.

M. Loys Delteil remplira les commissions que voudront bien lui confier les amateurs ne pouvant y assister.

MM. les amateurs pourront visiter la collection, 2, *rue des Beaux-Arts*, les Samedi 11 et Lundi 13 Mars 1911, de 2 heures à 5 heures.

N° 77 du Catalogue.

DÉSIGNATION

ALDEGRAVER (H.)

1. La Vierge debout (50). Belle épreuve.　20

AMAN-JEAN

2. Portrait de femme. Très belle épreuve *tirée en 2 tons, signée et numérotée*. Encadrée.　17 Delteil

AMÉRIQUE (Estampes relatives à l')

3. Francklin-La Fayette, 3 pl. (la 1ᵉ *avant toute lettre*).　26 Gal Mayer

BAUDOIN (d'après P. A.)

4. Les Amants surpris — Les Amours champêtres (E. B. 4 et 7). Deux pièces par Choffard, se faisant pendants. Bonnes épreuves.　75

BERGHEM (N.)

5. La Vache qui s'abreuve (B. 1) — La Vache qui pisse (2). Deux pièces. Belles épreuves.

BESNARD (Robert)

6. Leçon de piano — Caresses. Deux pièces *imp. en couleurs, signées.*

BESNARD — HERVIER — ROPS

7. Sujets divers et Paysages. 8 pièces. Belles épreuves.

BOILLY (d'apr. L.)

8. La Douce Impression de l'Harmonie, par Wolff. Belle épreuve.

9. On la tire aujourd'hui, par Tresca. Belle épreuve.

BOSCHE (Jérôme)

10. Le Jugement dernier (B. 2). Epreuve manquant de conservation. Très rare.

CALLOT (J.)

11. Massacre des Innocents, 1re et 2e pl. — Petite Passion — Tentation de St-Antoine, etc., 35 pièces.

CARRIÈRE (Eug.)

12. Maternité. Très belle épreuve sur chine.

CHARDIN (d'apr. J. B. S.)

13. L'Ecureuse (16) — Le Garçon cabaretier (22). Deux pièces se faisant pendants. Très belles épreuves du 2e état (sur 3).

COROT — DELACROIX — HADEN

14. Campagne boisée — Femme nue de dos — Arabes d'Oran — Thames Ditton. Quatre pièces (2 av' l.l.),

COSTUMES

15. La Tapissière — Habit de Musicien — Les Saisons, etc., 10 pl. par Bosse, Bonnart et Lepautre.

16. Costumes allemands, suisses, russes, belges, etc.,
84 pl. la plupart *coloriées*.

DAUBIGNY (C. F.)

17. Paysages, 30 pièces.

DEBUCOURT (P. L.)

18. Cheval effrayé par la foudre d'apr. C. Vernet (67).
Belle épreuve.

19. La Chasse, d'apr. C. Vernet (141). Belle épreuve
(petites épidermures et cassure).

20. Uhlan prussien (374) — Mameluck montant à
cheval (139) — Cheval arabe de Mameluck (140).
Trois pièces d'apr. C. Vernet. Belles épreuves,
une *avant toute lettre*.

DELCOURT (M.) — BELTRAND (J.) — COLIN (P.)

21. Sujets divers. Six pièces. Très belles épreuves
imp. en couleurs (sauf une).

DEMARTEAU (G.)

21 *bis*. Pastorale, d'apr. F. Boucher (112). Belle épreuve
tirée en sanguine.

DE TROY (d'apr. F.)

22. Toilette d'Esther — Esther couronnée par As-
suérus. Deux pièces par Beauvarlet. Belles
épreuves.

DIVERS

23. Tête de Femme, par Carrière (fac-simile) — Fillette
assise, par Blanche — Enfant à la poupée, par
Krouglicoff — Bretonne, par Wery. Quatre
pièces *encadrées*.

24. S⁺ᵉ Famille, par R. Morghen, d'apr. And. del Sarto —
Cᵗᵉ de Chambord, par F. Gaillard — L'Homme à
la pipe, par Larramet — Gladiateur, par Harris.
Quatre pièces, une *imp. en couleurs*, une autre
coloriée.

25. Le Roi de Rome, par Rosaspina, d'apr. Isabey, imp. en sanguine — Vignette, par Ponce, d'apr. Marillier — P^tes St-Martin et St-Denis — La Salpétrière. 5 pl. Belles épreuves (2 av^t l. l.).

26. Halte d'officiers, par Ravenet, d'apr. Vanloo — Inauguration de la Statue de Louis XV — Portraits et sujets divers, 10 pl. anciennes et modernes.

27. Portraits et sujets divers, 12 pl. par Desplaces, W. Vaillant, Levesque, etc.

28. Sous ce n°, il sera vendu 14 dessins et estampes.

29. Scènes de mœurs et sujets divers, 15 pl. par ou d'apr. Boucher, Devéria, Pigal, etc., la plupart *coloriées*.

30. Sujets divers et Paysages, 17 pl. par ou d'apr. Callot, Denon, Visscher, etc.

31. Sujets divers, 19 pl. anciennes et modernes.

32. Sujets galants, 20 pièces anciennes et modernes.

33. Sujets divers, par ou d'apr. l'Albane, Castiglione, Marc-Antoine, etc., 24 pl.

34. Sujets divers, Portraits et Paysages, 25 pl. anciennes et modernes par Callot, Rembrandt, Rops, Robbe, P. Blanc, Burney, etc.

35. Copies ou réimpressions d'estampes du XVIIIᵉ siècle — Tirages à part du *Gil Blas*. Ensemble 26 pièces.

36. Sujets divers, 28 pl. la plupart du XVIIᵉ siècle.

37. Portraits et sujets divers, 28 pièces, y compris 4 aquarelles par Garnerey. Belles épreuves.

38. Sujets divers, Portraits, etc., 28 pièces.

39. Sujets divers et Paysages, 28 pl. par De Feure, Boutet, Luce, Willette, etc.

40. Sujets divers et Paysages, 30 pl. par ou d'apr. Lalanne, Rajon, Rodin, Bodmer, etc.

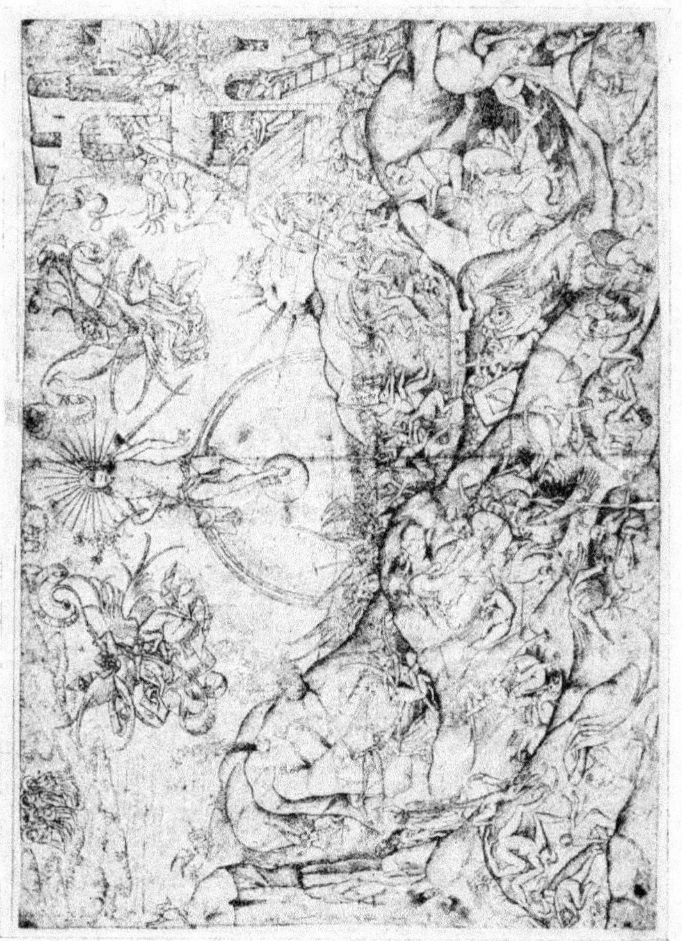

Nº 10 du Catalogue.

41. Sujets divers, Portraits, Paysages, 32 pl. par
Bodmer, Somm, Edm. Morin, etc. Belles épreuves.

42. Vues et Paysages, 34 pl.

42 *bis*. Sujets divers et Paysages, 62 pl. par Brebiette,
Le Pautre, S. Bourdon, etc. Belles épreuves.

43. Sujets divers, animaux, ornements, etc., 88 pl.
anc. et mod.

44. Sujets divers et vignettes, 135 pièces.

45. Ouvrages sur la musique, eaux-fortes par Faber,
pièces diverses, un lot.

DREVET (Cl.)

46. Zinzendorf (Cᵗ de), d'apr. H. Rigaud (15). Belle
épreuve *avec la faute*.

DUBUC (V.)

47. Départ pour l'Église — Repos de Midi — Les Va-
gues. Trois pièces *signées*, la dernière *imp. en
couleurs*.

DYCK (Ant. van)

48. Breugel (P.) (D. 2). Très belle épreuve.

49. Breugel (J.) — Franck (F.) (1 et 6). Deux pièces.
Belles épreuves.

ÉCOLE ALLEMANDE (XVIIIᵉ siècle)

50. Sujets divers et Paysages, 100 pl. par Kolbe,
Klengel, Dunker, etc. Belles épreuves.

ECOLES ALLEMANDE et HOLLANDAISE

51. Sujets divers et paysages, 135 pl. par Bemmel, Um-
bach, Cobell, etc. Belles épreuves.

ECOLES ANCIENNES

52. Sujets divers, Paysages et animaux, 210 pl. des
écoles flamande et hollandaise principalement.

53. Sujets divers, 11 pl. par Goltzius, de Gheyn, J. Courtois, J. Smith, etc. Belles épreuves.

54. Sujets religieux et divers, 22 pièces.

55. Sujets divers, ornements, 30 pl. par ou d'après Téniers, Callot, della Bella, etc. Belles épreuves.

ECOLES FRANÇAISE et ANGLAISE (xviiie siècle)

56. Sujets gracieux, d'après J. Reynolds, Jeaurat, B. West, etc, 6 pl.

57. Sujets gracieux, 7 pl. d'après Boucher, Le Moyne, .Pierre, etc. Belles épreuves.

58. Sujets divers, 5 pl. d'après Chardin, Baudouin, Mallet, Senave et Chantereau, une *imp. en couleurs*.

59. Le Maître de Danse — L'Après-Dîné — La Relevée, etc., 6 pl. d'après Canot, Lancret, Jeaurat, Boucher. Bonnes épreuves.

60. Sujets divers, 8 pl. d'après Boucher, Eisen, Grangeret, J. Vernet, etc. Belles épreuves.

61. Sujets divers, 6 pl, d'après Greuze, Boucher, Sarrazin, etc. Belles épreuves.

62. Sujets divers, 16 pièces. Belles épreuves.

EAUX FORTES MODERNES

63. Sujets divers et Paysages, 12 pl. par Mathey, Rassenfosse, Berton, Sunyer, plusieurs *imp. en couleurs*. Belles épreuves.

64. Sujets divers et Paysages, 89 pl. de l'école allemande.

65. Sujets divers et Paysages, 92 pl. en partie par W. Unger.

66. Portraits, sujets et paysages, d'après les maîtres hollandais, 110 pl. par Jacquemart, Rajon, Boilvin, Unger, etc.

ECOLE ITALIENNE (xviie siècle)

67. Sujets divers et Paysages, 126 pl., principalement de l'Ecole du Guide. Belles épreuves.

68. Sujets divers et Paysages, 128 pl. principalement de l'Ecole des Carrache et du Guide. Belles éqreuves.

69. Sujets divers et Paysages, 100 pl. en partie par P. Testa et Palma. Belles épreuves.

EISEN (d'après Ch.)

70. Le Concert Champêtre — Les Amusements Champêtres — Le Bal Champêtre. Trois pièces, par de Longueil, formant série. Belles épreuves.

EVENTAILS

71. Sept éventails en feuilles. Sujets espagnols, marines, etc.

FORAIN — ROPS — STEINLEN

72. Scènes de mœurs, 7 fumés — La Dame au Cochon, par Gaujean — Couverture des *Soliloques du Pauvre*. Ensemble 9 pl. Belles épreuves.

FORTUNY (M.)

73. La Victoire (B. 3) — Garde de la Casbah (5) — Maréchal-ferrant au Maroc (22). Trois pièces. Belles épreuves, une *avant la lettre*.

FRAGONARD et Mlle GÉRARD (d'après)

74. L'Enfant chéri, par G. Vidal. Belle épreuve (petite restauration).

GAUGUIN (P.) — REDON (O.) — WAGNER

75. Manao tupapou — Le Buddha — Allégorie. Trois pièces. Très belles épreuves, *signées*.

GAVARNI

76. Masques et visages, d'après nature, 76 pl.

GELLÉE (Claude)

77. La Danse au bord de l'eau (6). Très belle épreuve.

GIGOUX, DEVÉRIA, GREVEDON

78. Têtes de Fantaisie, 13 pièes.

GROUDT (H. comte de)

79. Philémon et Baucis — Tobie et l'Ange — Fuite en Egypte, etc. Six pièces. Belles épreuves.

GREUZE (d'après J. B.)

80. L'Enfant au chien, par Schultze. Belle épreuve.

HILLEMACHER (Frédéric)

81. Sous ce numéro, il sera vendu en plusieurs lots, environ 1.500 épreuves, portraits et sujets divers, pièces relatives à la Musique, etc.

IMAGERIE POPULAIRE

82. Sujets divers, 44 pièces *coloriées*.

JACQUE (Ch.)

83. Scènes rustiques et Paysages, 22 pl. Très belles épreuves sur chine.   32

JASINSKI (F.)

84. Primavera, d'après Botticelli. Très belle épreuve *avec remarque*, sur parchemin, *signée*.   130

LANCRET (N.) — WATTEAU (A.)

85. La Jeunesse — Le Pied de Bœuf — Arabesque, etc., 5 pl. manquant un peu de conservation.   67

LARRAMET

86. La Peur — Danseuse — Gitane — Péléas et Mélisandre. Quatre pièces *imp. en couleurs signées*.

LAVREINCE (d'après N.)

87. Le Coucher des ouvrières en Modes, par Deque-
vauviller (16). Belle épreuve *avec la 1ʳᵉ adresse*
(pli).

LEMUD (A. de) — VERNET (C.)

88. Enfance de Callot — Adresse de Delpech. Deux
pièces. Belles épreuves.

LEPÈRE (Auguste)

89. L'Homme à l'échiquier (307) — L'Ile de Grenelle
(308). Deux lithographies. Belles épreuves sur
chine.

LÉPICIÉ (d'après N. B.)

90. La Promesse approuvée, par Hemery. Belle
épreuve *avant la lettre*.

LÉPICIÉ (B.)

91. Catherine de Seine, d'après Aved. Très belle
épreuve.

LEPAUTRE (J. et P.)

92. Vases, grilles, ornements divers, 160 pièces. Belles
épreuves.

93. Ornements divers, sujets bibliques, 180 pièces.
Belles épreuves.

LE PRINCE (J. B.)

94. Les Barques — La Cascade — La Pompe — Le Ca-
baret de Moscou, etc. 6 pl. Belles épreuves
(5 tirées en bistre).

95. Jeune femme en pied, par Bonnet (n° 69). Très
belle épreuve *tirée en sanguine*.

LITHOGRAPHIES

96. Sous ce numéro, il sera vendu par lots, environ
2.000 lithographies, la plupart de la 1ʳᵉ moitié du
XIXᵉ siècle.

97. Sujets divers, caricatures, chasses, etc. 85 pl.

MELLAN (Cl.)

98. Fouquet (Nic.) (187). Très belle épreuve du 1ᵉʳ état.

99. Habert de Montmor (4 L.) — Henriette Marie,
femme de Habert de Montmor. Deux pièces.
Belles épreuves, la 1ʳᵉ en premier état.

MORIN (J.)

100. Louis XIII (64). Très belle épreuve.

101. Le Mercier (J.), d'apr. Ph. de Champaigne (69).
Très belle épreuve.

MORLAND (d'apr. G.)

102. L'Hyver, par A. Le Grand. Très belle épreuve.

MULLER — YTURRINO — VANTEYNE

103. Rue Sᵗ-Vincent — Dordrecht — Café Concert.
Cinq pièces. Belles épreuves, *signées*.

NANTEUIL (R.)

104. Molé (F.). 1649 (195). Très belle épreuve.

NAPOLÉON (Est. relatives à)

105. Scènes diverses, Batailles, Translation des cendres,
etc., 12 planches.

NATTIER (d'apr. J. M.)

106. Le Feu (Mᵐᵉ Henriette de France), par J. Tardieu.
Très belle épreuve.

NAUDIN — BOUTET — S. VALADON — LEANDRE

107. Sujets divers, 7 pièces. Belles épreuves.

NILSON (J. E.)

108. Sujets gracieux, dans des cartouches, 8 pl. Belles
épreuves.

ORNEMENTS

109. Ornements divers. 15 pl. par Marc Duval, A. Bosse,
Loir, De Sève, etc. Belles épreuves.

110. Vases, décorations d'intérieurs, lits, trophées, etc.
32 pl. de Le Pautre, Bérain, Ranson, etc. Belles
épreuves.

111. Tissus, 44 chromolithographies.

PEINTRES-LITHOGRAPHES

112. Sujets divers et Paysages, 28 pl. par Aman-Jean,
Maurou, C. Bellanger, Broquelet, etc. Très belles
épreuves sur chine.

PERELLE

113. Vues de Chantilly, Fontainebleau, Sceaux, Vaux,
St-Germain-an-Laye, 43 pl. Belles épreuves.

PICART LE DOUX (Ch.)

114. En Visite — A la Campagne. Deux pièces *imp. en
couleurs, signées.*

PILLEMENT (d'apr. J.)

115. Arabesques à sujets chinois. Trois pièces par
P. C. Canot, 1759. Belles épreuves tirées *en ton
verdâtre.* — Chûte du Staubach. On y a joint
2 pl. publ. par Engelbrecht, soit 6 p.

PORTRAITS

116. Thou (C. A. de). — Simianes de Gordes (L. M. A.
de) — Herault (C.) — Guise (D^me de). Quatre
pièces par Morin, Schuppen, Bouys et Masson.
Belles épreuves (3 remmargées).

N° 109 du Catalogue.

117. Fleury (C^{al} de) — Muguet (F.) — Dubois (C^{al}) — Galloche (L.). Quatre pièces par Chereau, Thomassin, Drevet et Muller.

118. Louis XIV, par Nanteuil — A. Félibien, par Drevet — Schalcken, par Smith — Duc d'York, par M. Merian — Bailly. Cinq pièces (la 1re manque de conservation).

119. Oswald (H.) — Des Gouges (P.) — Restout (J.) — Coyzevox (A.) — Coustou (N.) — Coypel (A.) et son fils. Six pièces par C. Drevet, Moitte, J. Audran, etc. Belles épreuves.

120. Petau (A.) — Oudry (J. B.) — Le Blanc (J. B.) — Estrées (César d') ? — Alembert (d') — Fléchier. Six pièces par Pitau, Tardieu, St-Aubin et autres.

121. Pichegru — Alexandre 1er — Boussard (J.), etc. 10 pl. Belles épreuves.

122. Louis XVI—Marie-Antoinette—Brune, etc., 10 pl.

123. Portraits de Femmes, anglaises pour la plupart. Douze pièces par Whittaker, Vendramini, Dien, Slater, etc. Très belles épreuves.

124. Villeneuve de Vence (Ch. de) — Barras — Marie-Louise — Marat, etc. 16 p. par Habert, St-Aubin, Porporati, etc. Belles épreuves.

125. Portraits de Femmes françaises et anglaises, 24 pl. par Gaucher, J. Condé, Thomson, J. Godefroy, R. Newton, etc. Très belles épreuves.

126. Portraits divers, 56 pièces.

PORTUGAL (Est. relatives au)

127. Portraits, vues et scènes relatives au Portugal, 28 pl., la plupart anciennes.

128. Costumes civils, 17 pl., par Palhares. Belles épreuves, *coloriées*.

PRIEUR

129. Journées de la Révolution, pl. 1 à 41, et 43 à 58, avec le texte explicatif.

PRUDHON (d'apr. P. P.)

130. Portraits, sujets divers, 73 pl. (eau-fortes, lith. et bois), par J. Boilly, Aubry, Lecomte, etc.

RAFFET (A.)

131. Combat d'Oued-Alleg — Sire, vous pouvez compter sur nous.. — Costumes et sujets divers. Onze pièces.

REMBRANDT van RIJN

132. Joseph et Putiphar — Les petits Pélerins d'Emmaüs — Le petits Orfèvre — J. Lutma. Quatre pièces.

133. Sujets divers et Portraits, 8 pièces y compris une copie.

134. Sujets divers et Portraits, 27 pièces.

135. Sujets divers, Portraits, Paysages, 80 pl. d'apr. Rembrandt ou ses élèves.

RENOIR (Auguste)

136. Mère et Enfant. Très belle épreuve *tirée en 3 tons.*

ROBBE (Manuel)

137. Le Faucheur — Les Saules. Deux pièces *imp. en couleurs, signées.*

138. Devant le Moulin Rouge — Le Miroir. Deux pièces *imp. en couleurs, signées.*

ROBIDA (A.)

139. Place de l'Opéra — La Tour Eiffel — Vues de Normandie, 60 lithographies sur chine.

ROEDEL, PIET, etc.

140. Sujets divers, 18 pl. par Roedel, Piet, Vallotton, Dillon, etc. y compris des états.

RUISDAËL — POTTER — FYT — JORDAENS

141. La Chaumière au sommet de la colline — Le Berger — Chiens — Enfance de Jupiter. 5 pl. Belles épreuves.

SCHENAU (d'après J. E.)

142. Amusemens Russes, par Henriquez. Très belle épreuve.

SCHUT — WAËL — UYTENBROUCK

143. Sujets divers, 92 pl. Belles épreuves.

SINGLETON (d'après H.)

144. The Orange Girl, par W. Nutter. Belle épreuve.

SMITH (d'après J. R.)

145. *The Moralist*, par W. Nutter, 1787. Très belle épreuve.

STEINLEN (Th. A.)

146. Misère. Très belle épreuve sur chine, *signée* (n° 2).

147. Retour des Courses. Très belle épreuve sur chine.

SULPIS (E.) — DESBROSSES (L.)

148. L'Apparition, d'après G. Moreau — Paysage, d'après Corot. Deux pièces. Encadrées.

THÉATRE (Estampes relatives au)

149. ACTEURS ET ACTRICES : Mlle Raucour — Mme Laruette — Clairon — Brizard — Delarive — Mlle Colombe l'aînée — Mlle St Huberti — Le Kain, etc. Quatorze pièces, par Littret, Le Beau, Colinet, Le Mire, St Aubin et autres. Belles épreuves.

150. Costumes et Travestis, Acteurs et actrices dans divers rôles, quarante-sept aquarelles et dessins rehaussés par Cledat de Lavigerie, Draner, etc.

151. Portraits et Scènes relatives au Théâtre d'Alex. Dumas père, 12 pl., par Gigoux, Johannot, Devéria, Mélingue, etc.

152. Auteurs dramatiques, acteurs et compositeurs, 56 pl. par divers artistes, plusieurs *avant la lettre.*

153. Acteurs et actrices dans divers rôles, 85 pl. par divers artistes. Belles épreuves.

154. Portraits et scènes relatives au *Théâtre de Molière.* Réunion de 93 pièces, par divers artistes, plusieurs *avant la lettre* ou à *l'état d'eau-forte.*

155. Acteurs et actrices dans divers rôles. Cent pièces, par divers. Belles épreuves.

156. Acteurs et actrices dans divers rôles. Cent cinquante-cinq pièces, en grande partie par A. Lacauchie.

157. Portraits d'acteurs. Cent-dix pièces, par Singry, Picot, J. Vernet, Vigneron, etc. Belles épreuves.

158. Portraits d'actrices. Quatre-vingt-dix pièces, par Alophe, Vigneron, Singry, etc. Belles épreuves.

159. Acteurs et actrices dans divers rôles, 165 pl. par divers artistes.

160. Environs 150 pièces, en partie extraites de journaux.

161. Scènes de théâtre, 160 pl. par divers artistes.

162. *La Comédie Française,* par A. Houssaye, texte (défraichi) et 32 photogravures in-fol.

TITRES DE ROMANCES

163. Titres de romances, par C. Nanteuil, J. David, Gavarni, etc, 97 pl.

TURNER (d'après)

13   164. Soleil couchant, par Alf. Muller, épr. *imp. en couleur, signée*. Encadrée.

VERNET (Joseph)

20   165. Le Retour de la pêche (2). Belle épreuve de 1er état.

VIGNETTES

82   *Masse*   166. Vignettes pour les Fables de Dorat, Anacréon, Idylles de Léonard, Zélis au bain, etc., 168 pièces d'après Eisen, Marillier, Cochin, etc., en partie en tirage à part.

6   *Proust?*   167. Vignettes pour les *Cor. s* de La Fontaine et divers ouvrages, 114 pl. anc. et mod.

VUES

8   168. Vues de Salsbourg, 20 pl. par Rembshart, Danreiter, etc. Très belles épreuves.

WATTEAU (d'après Ant.)

241   169. Le Bosquet de Bacchus, par C. N. Cochin (113). Très belle épreuve.

81   170. Les Charmes de la vie, par Aveline (117). Belle épreuve.

51   171. Harlequin jaloux, par Chedel (137). Belle épreuve (épidermures).

130   172. L'Ile enchantée, par Le Bas (139). Belle épreuve.

43   173. L'Hyver, par Huquier (292) — Bon Voyage. Deux dessins. Belles épreuves.

174. Figures et têtes de fantaisies, 11 pl., par Boucher, Fillœul, Audran, etc. Belles épreuves.

WILLE (J. G.)

175. Sr Florentin (Cte de), d'après L. Tocqué (124). Très
belle épreuve.   *21*

WILLETTE (A.)

176. Soir d'Amour. Très belle épreuve *tirée en bistre.*   *14*

YTURRINO

177. Présentation — Concert Champêtre. Deux pièces,
imp. en couleurs, signées.   *egaré*

178. Sous ce numéro, il sera vendu par lots, environ
6.000 estampes anciennes.

179. Sous ce numéro, il sera vendu par lots, environ
2.000 estampes.

2 dessins, école De Boucher   50 : Delteil

FRAZIER-SOYE

Graveur-Imprimeur

153-155-157, Rue Montmartre

PARIS

RED. :

20

MIRE ISO N° 1
NF Z 43-007
AFNOR
Cedex 7 - 92080 PARIS-LA DÉFENSE
graphicom
379.69.70
0 1 2 3 4 5 6 7 8 9 10

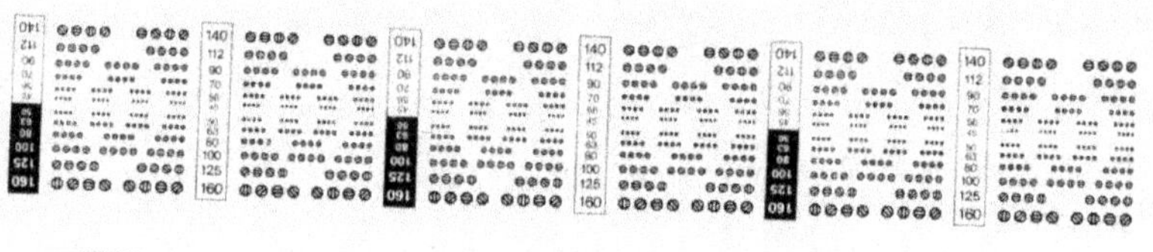

BIBLIOTHEQUE NATIONALE DE FRANCE

****

CHATEAU DE SABLE

1996